YCT 標準教程 STANDARD COURSE

活動手冊 2 ACTIVITY BOOK

主編 Lead Author | 蘇英霞 Su Yingxia

編者 Authors | 王 蕾 Wang Lei 呂豔輝 Lü Yanhui

目 錄
Contents

Lesson 1

我可以坐這兒嗎？

May I sit here?

① 讀一讀，塗一塗。Read and color.

找出含有「言」字的漢字並塗色。Find the characters containing the radical " 言 " and color them in.

② 讀一讀，找一找。Read and choose.

選擇正確的漢字填空，並讀一讀。Choose the right characters to fill in the blanks and read the expressions.

(1) 不(bú)____（A. 可(kě) B. 客(kè)）氣(qi)　　(2) ____（A. 可(kě) B. 客(kè)）以(yǐ)

(3) ____（A. 沒(méi) B. 妹(mèi)）關係(guān xi)　　(4) 我(wǒ)____（A. 沒沒(méi méi) B. 妹妹(mèi mei)）

(5) 中國(Zhōngguó)____（A. 人(rén) B. 認(rèn)）　　(6) ____（A. 人(rén) B. 認(rèn)）識(shi)

3 找一找，連一連。Find and connect.

連線，找出家中有客人時的禮貌表達。Find the characters that make up the polite expression to say when you have a guest at your home.

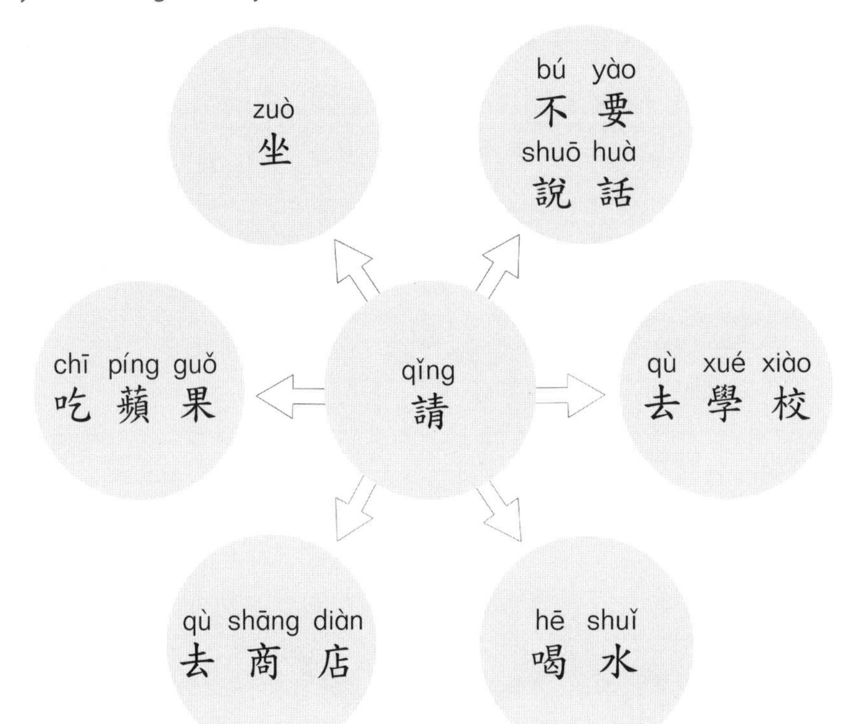

4 讀一讀，選一選。Read and choose.

選擇正確的答句完成對話。Choose the right answer according to the dialogue.

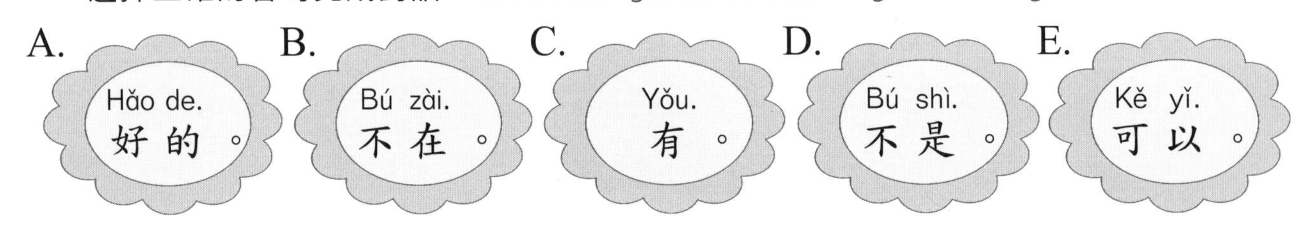

(1) A：你有哥哥嗎？(Nǐ yǒu gē ge ma?)
B：

(2) A：請不要說話。(Qǐng bú yào shuō huà.)
B：

(3) A：你姐姐在家嗎？(Nǐ jiě jie zài jiā ma?)
B：

(4) A：你是中國人嗎？(Nǐ shì Zhōngguó rén ma?)
B：

(5) A：我可以坐那兒嗎？(Wǒ kě yǐ zuò nàr ma?)
B：

5 讀一讀，連一連。Read and connect.

連線，完成對話。Match the sentences.

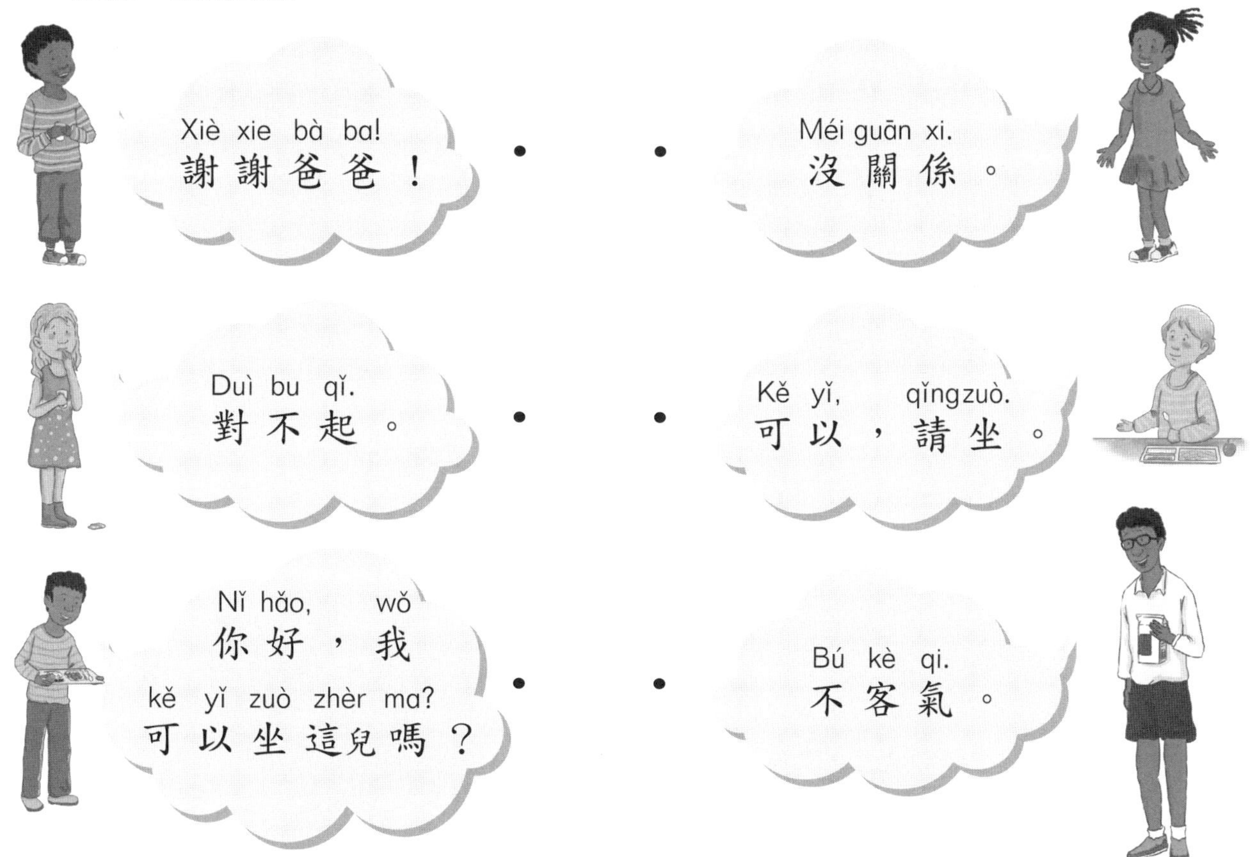

6 做一做，說一說。Do and talk.

兩人一組，用投擲橡皮的方式選擇圖片，並編成對話。可使用句型：「我可以……嗎？可以／不可以。」Drop your eraser on the chart, and make dialogue based on the picture where your eraser lands. Use the patterns: " 我可以……嗎？可以／不可以。"

hē niú nǎi
喝牛奶

chī píng guǒ
吃蘋果

bú qù xué xiào
不去學校

chī dàn gāo
吃蛋糕

qù shāng diàn
去商店

hē bīng shuǐ
喝冰水

7 看一看，答一答。 Read and answer.

兩人一組，用鉛筆做指針，轉動鉛筆，看筆尖指向哪個格。轉動鉛筆的學生問：「這樣可以嗎？」同伴根據實際情況回答「可以」或者「不可以」。輪流進行。Work in pairs. Take a pencil, place it in the middle of the chart, and spin it around. When it stops, see which cell it is pointing to. One student asks "這樣可以嗎？" and the other answers "可以" or "不可以" accordingly. Take turns to ask and answer.

你早上幾點起牀？

When do you get up in the morning?

1 塗一塗，數一數。 Color and count.

給相同的漢字塗上相同的顏色，並數一數各有幾個。Color the characters that are the same to one another in the same color, and count how many there are.

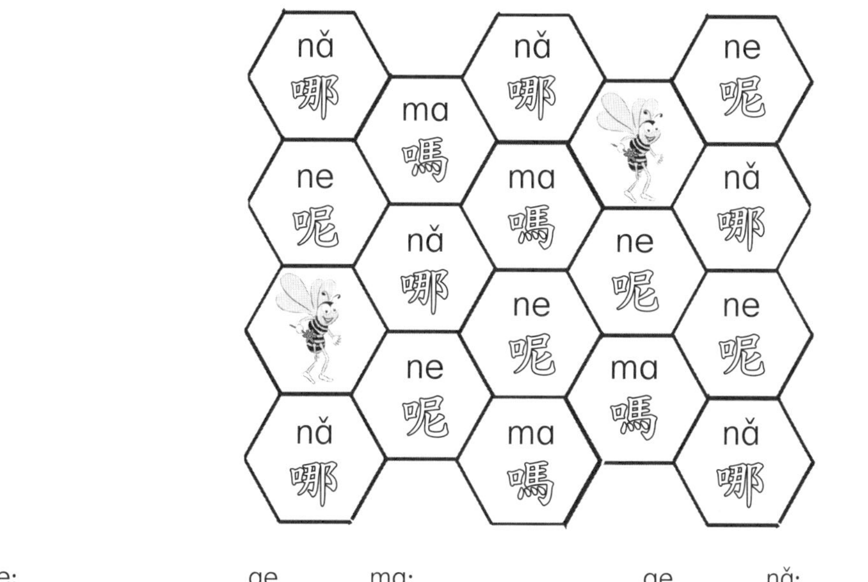

ne: 呢：＿＿＿＿ ge 個　ma: 嗎：＿＿＿＿ ge 個　nǎ: 哪：＿＿＿＿ ge 個

2 連一連，找一找。 Connect and find.

根據路徑為詞語找到拼音。Trace the path to find the *Pinyin* for each word.

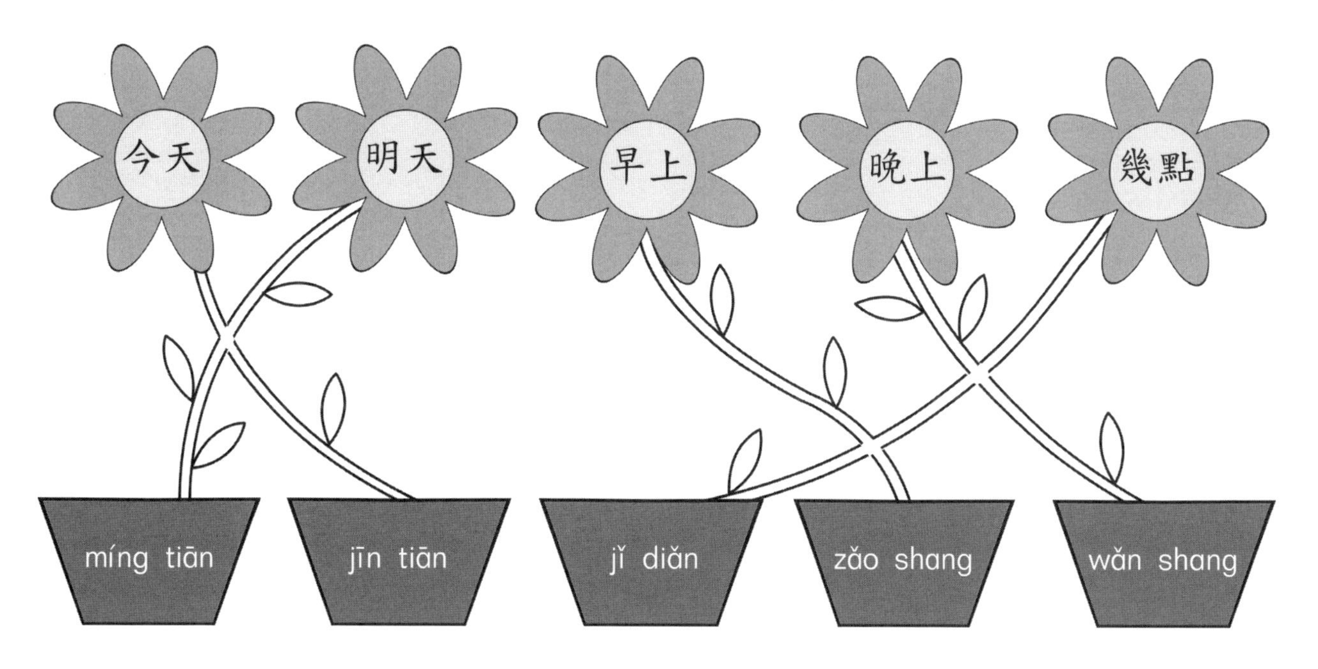

3 讀一讀，畫一畫。Read and draw.

讀出以下時間和日期，設計出表示時間的鐘錶或手錶和顯示日期的日曆。Read the times and dates below. Design clocks or watches showing the times, and calendars showing the dates.

sān diǎn èr shí fēn
三 點 二 十 分

wǎn shang shí diǎn
晚 上 十 點

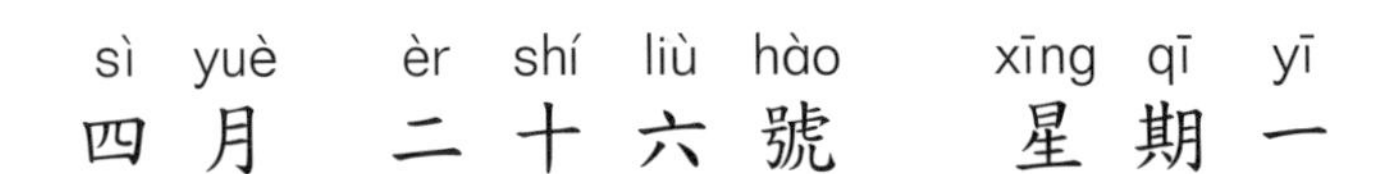

4 問一問，比一比。Ask and compete.

四至五名同學圍坐，說說自己的情況並問旁邊的人「你呢？」，被提問的同學迅速回答。輪流問答直到全組同學都發過言。看看哪組最先完成。Sit with 4 to 5 classmates in a circle. Say something about yourself and ask "你呢？" to the person sitting beside you. That student then has to answer as soon as possible. Take turns doing the same thing, until all students have spoken. See which group finishes first.

5 排一排，讀一讀。Arrange and read.

選擇詞語放在正確的位置並讀出句子。Put the words in the right places and read the sentences.

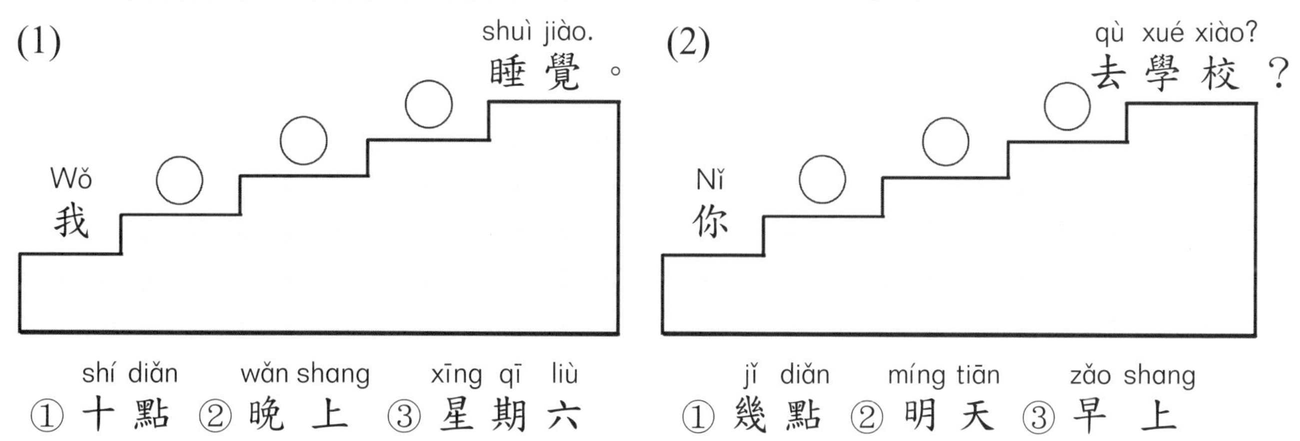

(1) ① 十點 (shí diǎn) ② 晚上 (wǎn shang) ③ 星期六 (xīng qī liù)

(2) ① 幾點 (jǐ diǎn) ② 明天 (míng tiān) ③ 早上 (zǎo shang)

6 找一找，填一填。Find and fill in.

找出與圖片匹配的句子，並將序號填在方框中。Find the right sentences matched with the pictures, and write the answer in the box.

Wǎn shang bú shuì jiào.
A. 晚 上 不 睡 覺 。

Zǎo shang bù qǐ chuáng.
B. 早 上 不 起 牀 。

Xīng qī yī qù xué xiào.
C. 星 期 一 去 學 校 。

Zǎo shang hē niú nǎi.
D. 早 上 喝 牛 奶 。

Xīng qī liù qù shāng diàn.
E. 星 期 六 去 商 店 。

Zǎo shang liù diǎn qǐ chuáng.
F. 早 上 6 點 起 牀 。

7 問一問，填一填。Ask and fill in.

問問你的同學在校日日常生活的時間安排。Ask your classmates the times of the parts of their daily routines on school days.

míng zi 名 字	qǐ chuáng 起 牀	chī zǎo fàn 吃 早 飯	chī wǎn fàn 吃 晚 飯	shuì jiào 睡 覺

你的鉛筆呢？

Where is your pencil?

1 找一找，描一描。Find and trace.

在表格中找出給定的漢字，並全部描寫出來。Find the given character in the chart, and trace all the characters.

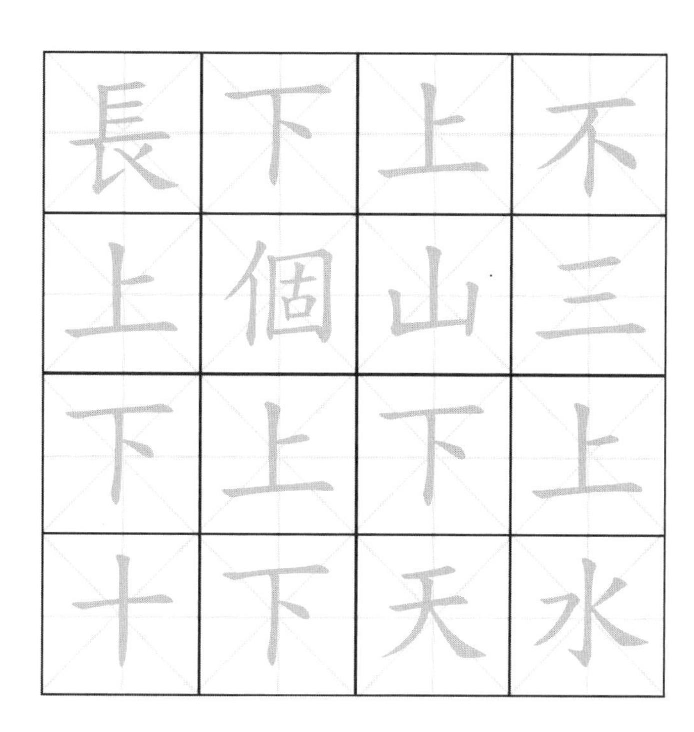

2 寫一寫，填一填。Write and fill in.

寫出每個詞語的拼音，並填在表格中。Write the *Pinyin* for each word, and fill in the letters of each word in the chart.

(1) 電視____________

(2) 書包____________

(3) 桌子____________

(4) 鉛筆____________

(5) 下邊____________

d				s				
			z					

3 找一找，塗一塗。Find and color.

為每張圖片找到相符的詞語，並塗上你喜歡的顏色。Find the Chinese word corresponding to each picture and color the word with the color you like.

4 讀一讀，選一選。Read and choose.

讀句子並選擇正確的詞語。Read the sentences and choose the right words.

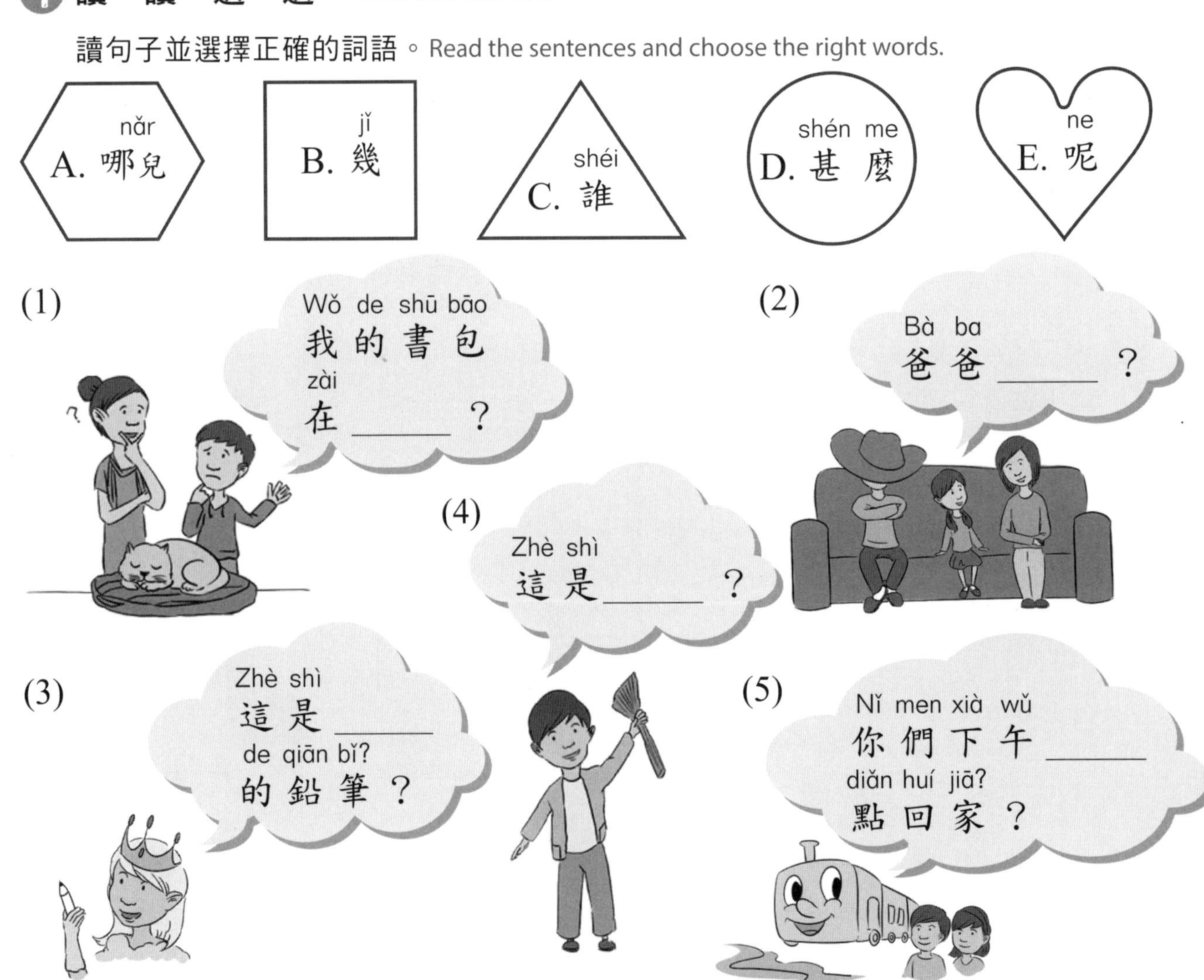

5 看一看，連一連。Read and connect.

它們應該去哪兒？將詞語與正確的圖片連線。Where should they go? Match each word with the appropriate picture.

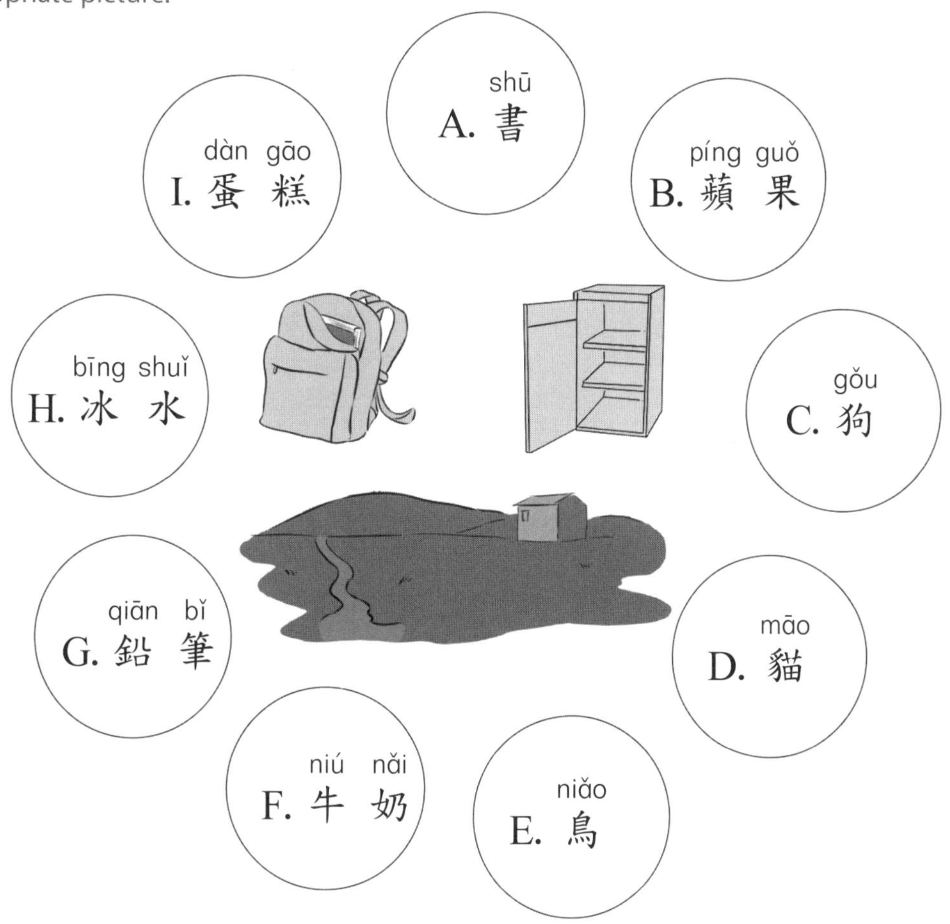

6 看一看，判斷對錯。True or false.

看圖片，判斷句子與圖片是否一致。Look at the picture, judge whether the sentences are corresponded with the picture.

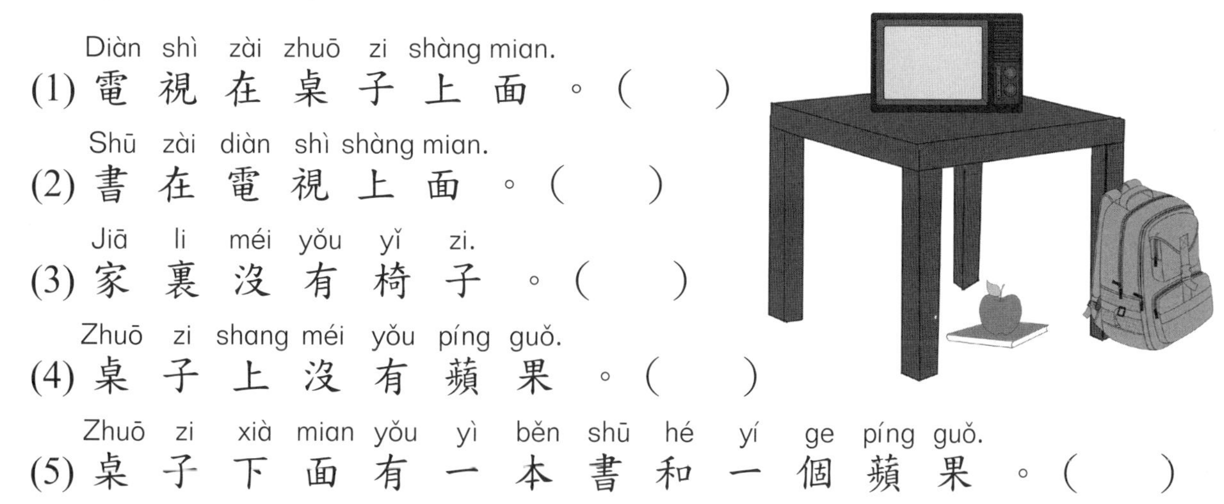

Diàn shì zài zhuō zi shàng mian.
(1) 電 視 在 桌 子 上 面 。(　　)

Shū zài diàn shì shàng mian.
(2) 書 在 電 視 上 面 。(　　)

Jiā li méi yǒu yǐ zi.
(3) 家 裏 沒 有 椅 子 。(　　)

Zhuō zi shang méi yǒu píng guǒ.
(4) 桌 子 上 沒 有 蘋 果 。(　　)

Zhuō zi xià mian yǒu yì běn shū hé yí ge píng guǒ.
(5) 桌 子 下 面 有 一 本 書 和 一 個 蘋 果 。(　　)

7 想一想，說一說。Think and say.

一名同學用「呢」進行提問，另一名同學用「哪兒」大聲詢問。One student uses " 呢 " to ask a question, and the other one shouts out " 哪兒 ".

① shū bāo 書包 ② mǐ fàn 米飯 ③ yǐ zi 椅子 ④ xiǎo gǒu 小狗 ⑤ lǎo shī 老師

8 說一說，做一做。Command and follow.

按照朋友說的做動作。Do what your friend says.

- zuǒ bian 左邊 left
- yòu bian 右邊 right
- shàng bian 上邊 on, above
- xià bian 下邊 under
- lǐ bian 裏邊 inside
- wài bian 外邊 outside
- qián bian 前邊 front
- hòu bian 後邊 behind

書包裏有兩本書

There are two books in the schoolbag

1 寫一寫，比一比。 Tic-Tac-Toe.

兩人一組，輪流在下面的表格中寫「隻」和「中」，先把同樣的三個漢字連成一條橫線、豎線或斜線的同學勝利。Work in pairs. One partner writes the character " 隻 " and the other writes the character " 中 ". The player who succeeds in writing their character in three squares to completely fill in a horizontal, vertical, or diagonal row wins the game.

zhī 隻 vs zhōng 中

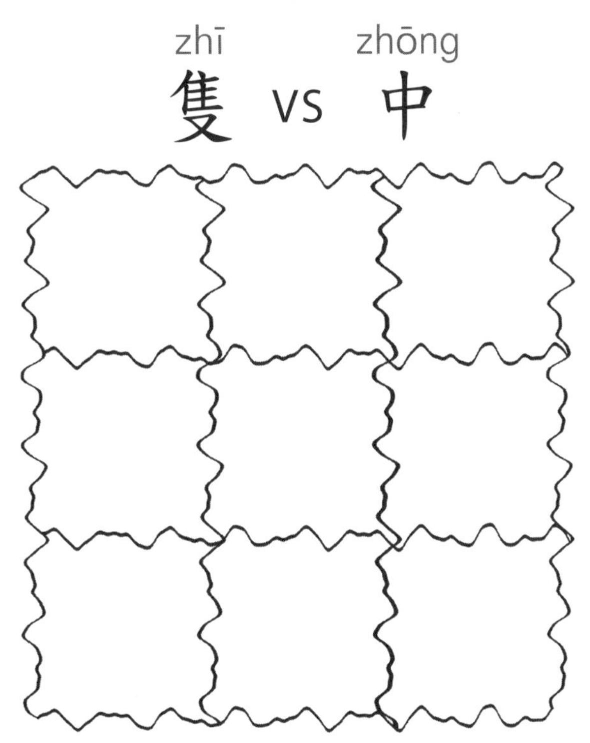

2 讀一讀，選一選。 Read and choose.

為句中加線字選擇相應的拼音。Choose the *Pinyin* corresponding to the underlined character in each sentence.

Wǒ xǐ huan ____ sè de shū bāo.
(1) 我喜歡綠色的書包。 (A. nǚ B. lǜ)

Tā yǒu ____ ge jiě jie.
(2) 他有兩個姐姐。 (A. liǎng B. liǎn)

Tā de yǎn jing shì ____ sè de.
(3) 她的眼睛是黃色的。 (A. wáng B. huáng)

Nǐ de qiān bǐ shì shén me yán ____ de?
(4) 你的鉛筆是甚麼顏色的？ (A. sè B. sì)

3 塗一塗，說一說。Color and say.

在空白圓圈中塗上正確的顏色使等式成立，並用漢語說一說。Color in the empty circles in the correct colors to complete the equations and say them in Chinese.

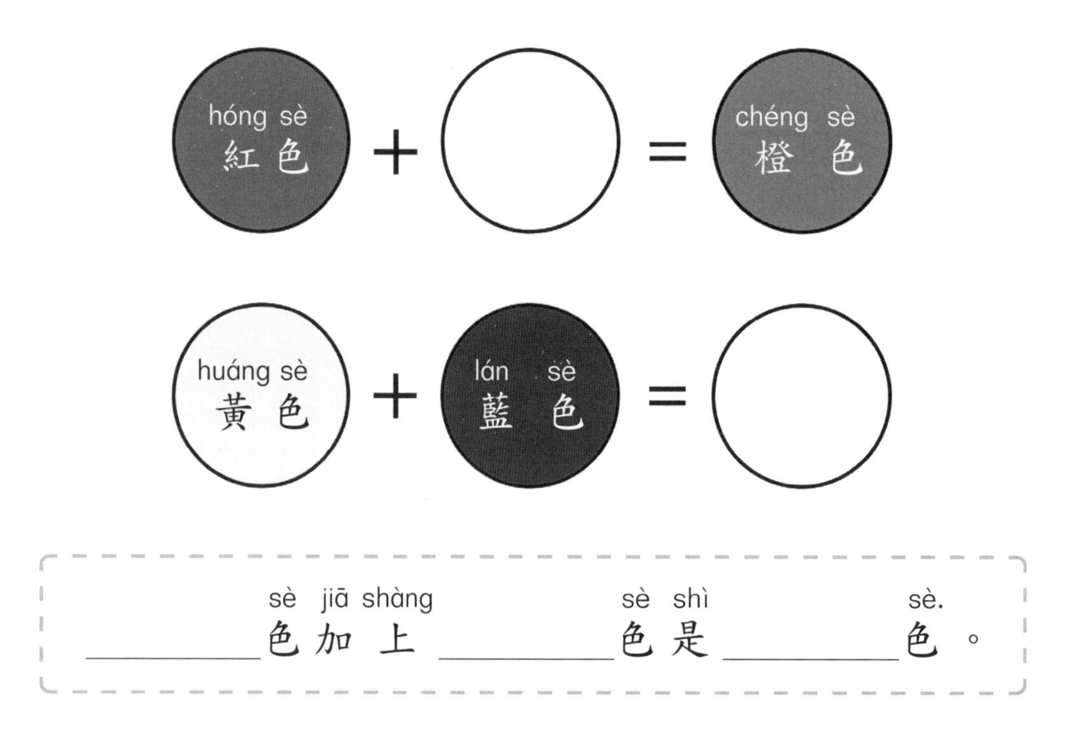

4 看一看，找一找。Read and find.

收拾書包，看看清單上的所有東西是否都在書包裏。Pack your school bag. Read the list and check if the bag has everything.

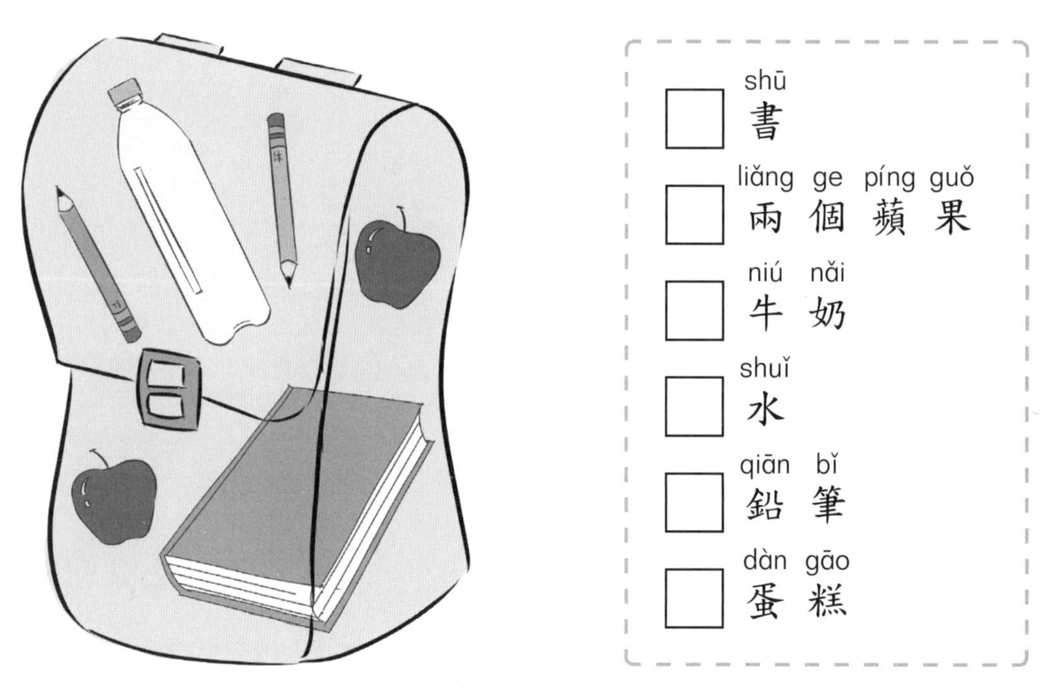

5 連一連，說一說。 Connect and say.

將圖片與正確的量詞連線，例如：「一隻貓」。Match the pictures with the right measure word, for example, " 一隻貓 "。

zhī 隻　　　　gè 個

6 說一說，比一比。 Say and compete.

三至四人一組，快速回答老師的問題。看看哪組答對最多。In groups of 3 or 4, answer the teacher's questions as quickly as possible. See which group gets the most right answers.

Shéi de shū bāo / qiān bǐ / yǎn jing / tóu fa shì ... sè de?
參考問題： 誰的書包／鉛筆／眼睛／頭髮是……色的？

... shì shén me yán sè de?
……是甚麼顏色的？

Shéi de shū bāo li yǒu ... ?
誰的書包裏有……？

Shéi yǒu liǎng ge gē ge / dì di?
誰有兩個哥哥／弟弟？

Shéi xǐ huan ... sè de ... ?
誰喜歡……色的……？

Shéi jiā yǒu ... sè de māo?
誰家有……色的貓？

Tā / Tā de míng zi jiào shén me?
他／她的名字叫甚麼？

7 塗一塗，說一說。Color and say.

在中國神話中鳳凰是一種美麗的鳥，牠是百鳥之后，象徵吉祥好運。設計並畫出你自己的鳳凰，然後用漢語描述出來。A phoenix is a beautiful bird in Chinese mythology. It is the queen of the birds and symbolizes good luck. Design and paint your own phoenix. Then describe it in Chinese.

你會不會做飯？

Can you cook?

1 猜一猜，連一連。 Guess and connect.

將每個古漢字與它們的現代漢字連線。Connect each ancient character with its contemporary counterpart.

yuè 月　　míng 明　　rì 日

2 找一找，填一填。 Find and write.

找出圖中字體相同的字母，連成詞或短語，寫到右邊並翻譯。Find the letters in the picture that are written in the same font, and combine them into words or phrases. Write them in the boxes on the right, and translate.

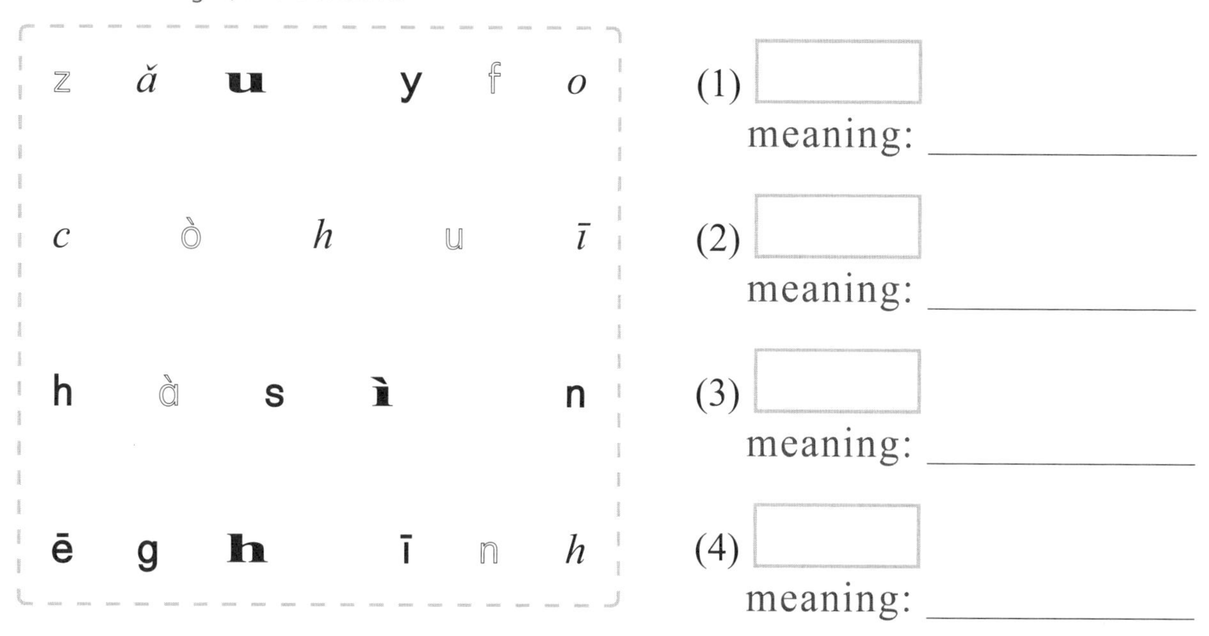

3 想一想，選一選。Think and choose.

將正確的漢字選入組內，使兩個漢字組成詞語或短語。Choose the proper characters to go with each group, and combine the two characters into words or phrases.

hē ① 喝　dà ② 大　gāo ③ 高　cháng ④ 長　kàn ⑤ 看　hǎo ⑥ 好

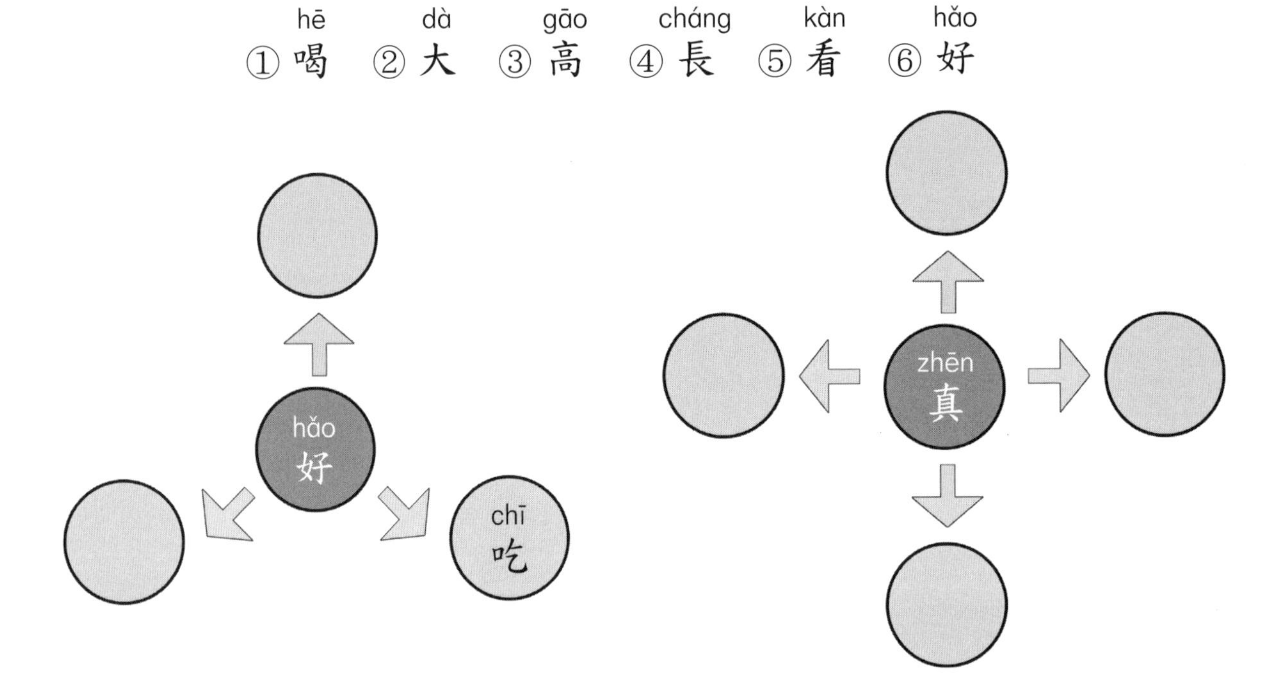

4 分一分，塗一塗。Classify and color.

將食品詞塗成紅色，人物詞塗成藍色，地點詞塗成綠色。Color the words for foods in red, the words for people in blue, and words for places in green.

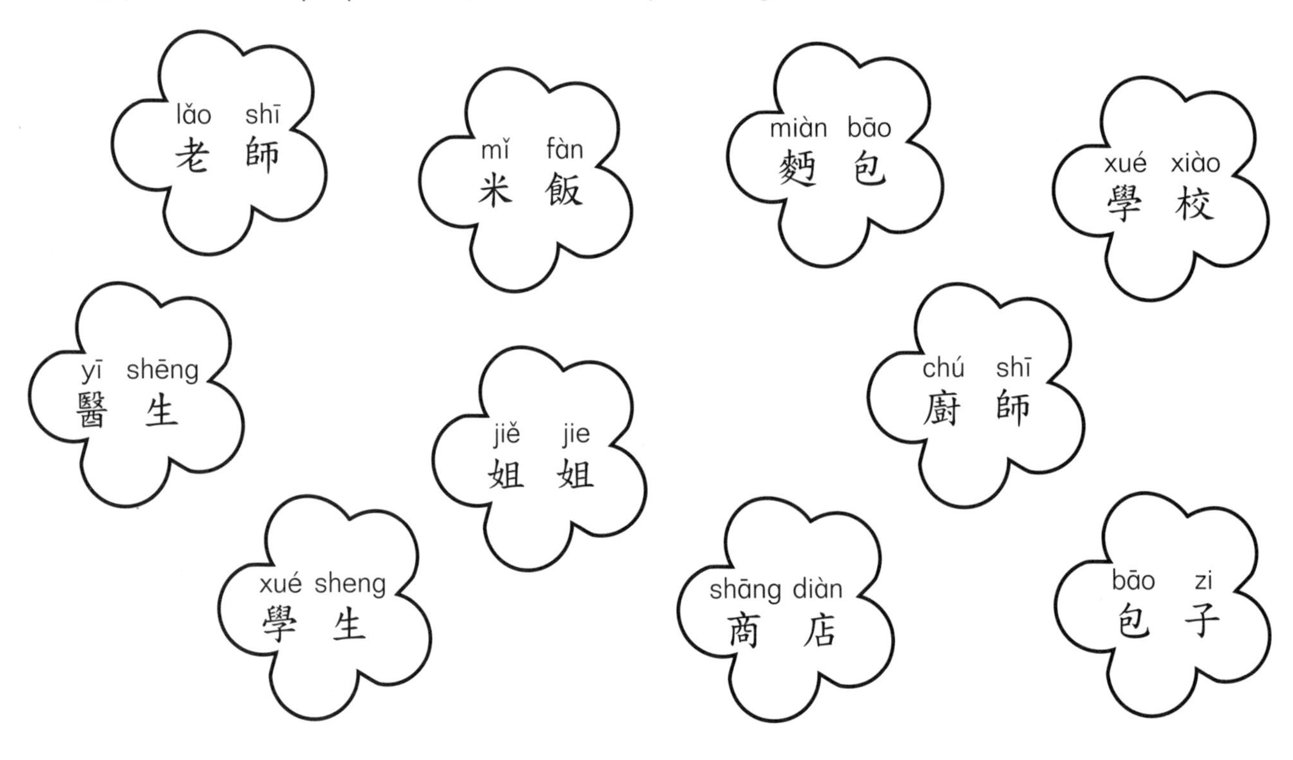

5 讀一讀，選一選。Read and choose.

看圖片選擇與之相符的句子。Look at the picture and choose the sentence that corresponds with it.

(1)

Tā huì zuò miàn tiáo.
A. 他會做麪條。 ○

Wǒ xǐ huan chī miàn tiáo.
B. 我喜歡吃麪條。 ○

(2)

Wǒ gē ge shì lǎo shī.
A. 我哥哥是老師。 ○

Wǒ gē ge shì yī shēng.
B. 我哥哥是醫生。 ○

(3)

Bāo zi shì wǒ mā ma zuò de.
A. 包子是我媽媽做的。 ○

Bāo zi zài zhuō zi shang.
B. 包子在桌子上。 ○

(4)

Píng guǒ zhēn hǎo chī!
A. 蘋果真好吃！ ○

Wǒ bù xǐ huan chī mǐ fàn.
B. 我不喜歡吃米飯。 ○

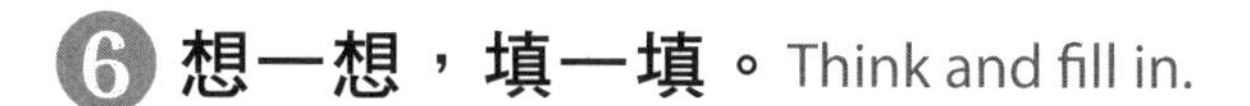

6 想一想，填一填。Think and fill in.

想一想，然後根據自己的實際情況完成下面的句子。Complete the following sentences according to your actual circumstances.

Zuó tiān de wǎn fàn 例：昨天的晚飯	shì 是	jiě jie 姐姐	zuò de / mǎi de （做的／買的）。
Jīn tiān de zǎo fàn (1) 今天的早飯		________	zuò de / mǎi de （做的／買的）。
Wǒ de shū bāo (2) 我的書包		________	zuò de / mǎi de （做的／買的）。
Wǒ jiā de niú nǎi (3) 我家的牛奶		________	zuò de / mǎi de （做的／買的）。

7 讀一讀，填一填。Read and fill in.

根據短文選擇「會」或者「不會」填空。Choose " 會 " or " 不會 " to fill in the blanks according to the passage.

huì　　bú huì
A. 會　B. 不會

Wǒ de dì di
我的弟弟

Zhè shì wǒ dì di, tā jīn tiān yí ge yuè dà. Tā
這是我弟弟，他今天1個月大。他________

chī fàn, yě zuò. Tā zhǐ
吃飯，也________坐。他只（only）________

hē nǎi.
喝奶。

Wǒ hěn xǐ huan tā. Nǐ xǐ huan bu xǐ huan tā?
我很喜歡他。你喜歡不喜歡他？

8 畫一畫，猜一猜。Draw and guess.

兩人一組。學生A畫一位名人，學生B用「× 不 ×」句式提問，如「他高不高？」「他是不是中國人？」學生B根據學生A的答案猜測他／她是誰。Work in pairs. Student A draws a celebrity, and student B is supposed to ask some questions with the pattern "× 不 ×", like " 他高不高？" " 他是不是中國人？". Student B will guess who he/she is according to student A's answers.

包子多少錢一個？

How much is one *baozi*?

1 找一找，組一組。 Find and combine.

找出組成下列漢字的每個部分，並填在空格上。Find the parts of each character and write them in the blanks.

(1) ________ + ________ = 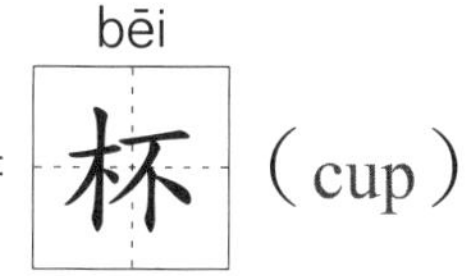 bēi 杯 (cup)

(2) ________ + ________ + ________ = chá 茶 (tea)

(3) ________ + ________ = lǜ 綠 (green)

(4) ________ + ________ = qián 錢 (money)

2 找一找，圈一圈。 Find and circle.

在表格中找到拼音詞語並翻譯成英文。Find the *Pinyin* words in the chart, and translate them into English.

B	X	C	J	Y	H	B	T
A	E	H	C	K	U	A	I
Q	I	A	N	M	F	O	S
I	G	R	L	T	E	Z	G
N	D	F	U	M	A	I	O
G	A	O	X	I	N	G	D

qǐng　　gāo xìng　　mǎi　　chá

bāo zi　　qián　　kuài

3 算一算，寫一寫。Add and write.

計算錢幣的總額並寫在空白處。Calculate the total amounts of money and write them in the blanks.

(1)  = ________ 元 (yuán)

(2) + = ________ 元 (yuán)

(3)  = ________ 元 (yuán)

4 看一看，找一找。Read and search.

讀詞語，找出與圖片不相符的詞語。Read the words and identify which words are mismatched with the picture.

1. bāo zi 包子 ○
2. lǜ chá 綠茶 ○
3. miàn tiáo 麪條 ○
4. píng guǒ 蘋果 ○
5. mǐ fàn 米飯 ○
6. shuǐ 水 ○

❺ 看一看，說一說。Read and say.

根據圖片編對話，下列句子可作參考。Make a dialogue according to the picture. Use the sentences below as a reference.

bāo zi: 包 子	liǎng kuài / gè ：2 塊 / 個
miàn tiáo: 麪 條	èr shí wǔ kuài / wǎn ：25 塊 / 碗
zhōu: 粥	sì kuài / wǎn ：4 塊 / 碗
niú nǎi: 牛 奶	liù kuài / bēi ：6 塊 / 杯
lǜ chá: 綠 茶	shí kuài / bēi ：10 塊 / 杯
hóng chá: 紅 茶	shí kuài / bēi ：10 塊 / 杯

Nǐ hǎo!
A：你 好 ！

Nǐ ... shén me?
你 ……甚 麼 ？

Zài jiàn!
再 見 ！

Yǒu ... ma?
B：有 ……嗎 ？

... duō shao qián ... ?
……多 少 錢 ……？

Wǒ yào ... .
我 要 ……。

Xiè xie!
謝 謝 ！

❻ 想一想，畫一畫。Think and draw.

上面的中國餐館要慶祝開業三週年，請為它設計一張宣傳海報。The Chinese restaurant above will celebrate its 3rd anniversary. Create a promotional poster for it.

7 讀一讀，認一認。Read and learn.

讀一讀，了解不同國家和地區的貨幣。Read and get to know the currencies in different countries and regions.

¥ Rén mín bì 人民幣 RMB

€ Ōu yuán 歐元 Euro

$ Měi yuán 美元 US dollar

£ Yīng bàng 英鎊 Pound

A$ Ào yuán 澳元 Australian dollar

一百元港幣大約能換多少……

Gǎng bì yuán 港幣（元）	Rén mín bì 人民幣	Ōu yuán 歐元	Měi yuán 美元	Yīng bàng 英鎊	Ào yuán 澳元
100	92.1	12.3	12.8	10.6	19.1

今天比昨天熱

Today is hotter than yesterday

1 找一找，寫一寫。Find and write.

找出所有含「比」的方格，並將它們塗色。Find all boxes with the character " 比 ", and color them in.

東	北	大	比
比	書	比	京
北	只	小	包
西	包	比	書

2 讀一讀，連一連。Read and match.

根據拼音猜地名，並連線。Guess the names of the places based on the *Pinyin*, and match them with the English translations.

 •	• Niǔyuē •	• New York
 •	• Xī'ní •	• Sydney
 •	• Lúndūn •	• London
•	• Hélán •	• Denmark
•	• Dānmài •	• Holland

3 連一連，讀一讀。Connect and say.

把上下兩行連起來，組成短語。Match the words in the box on the first line with the ones in the box on the second line, to make phrases.

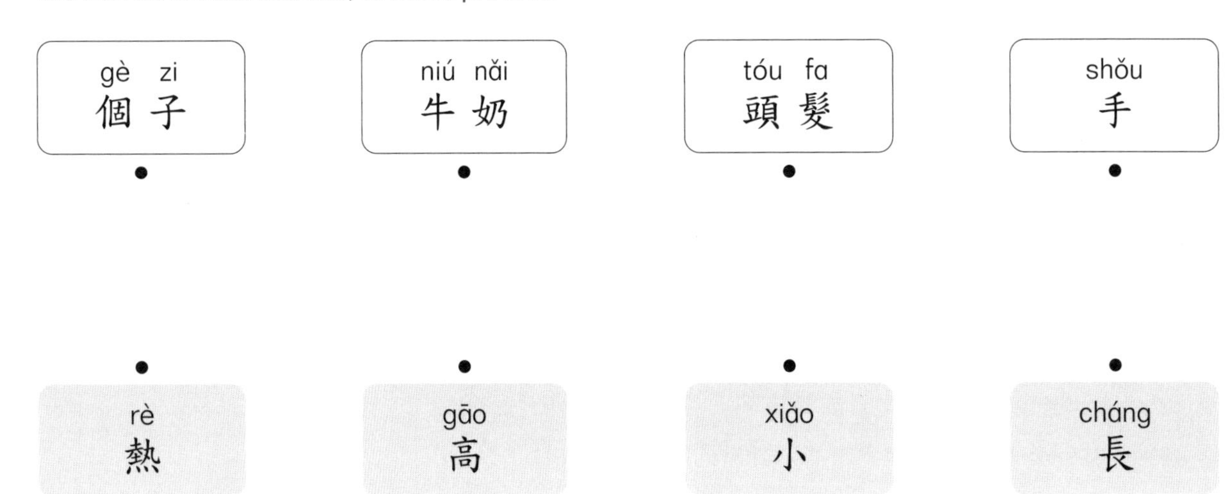

4 看一看，畫一畫。Read and draw.

讀句子，按照句子的意思畫圖。Read each sentence and draw an illustration depicting it.

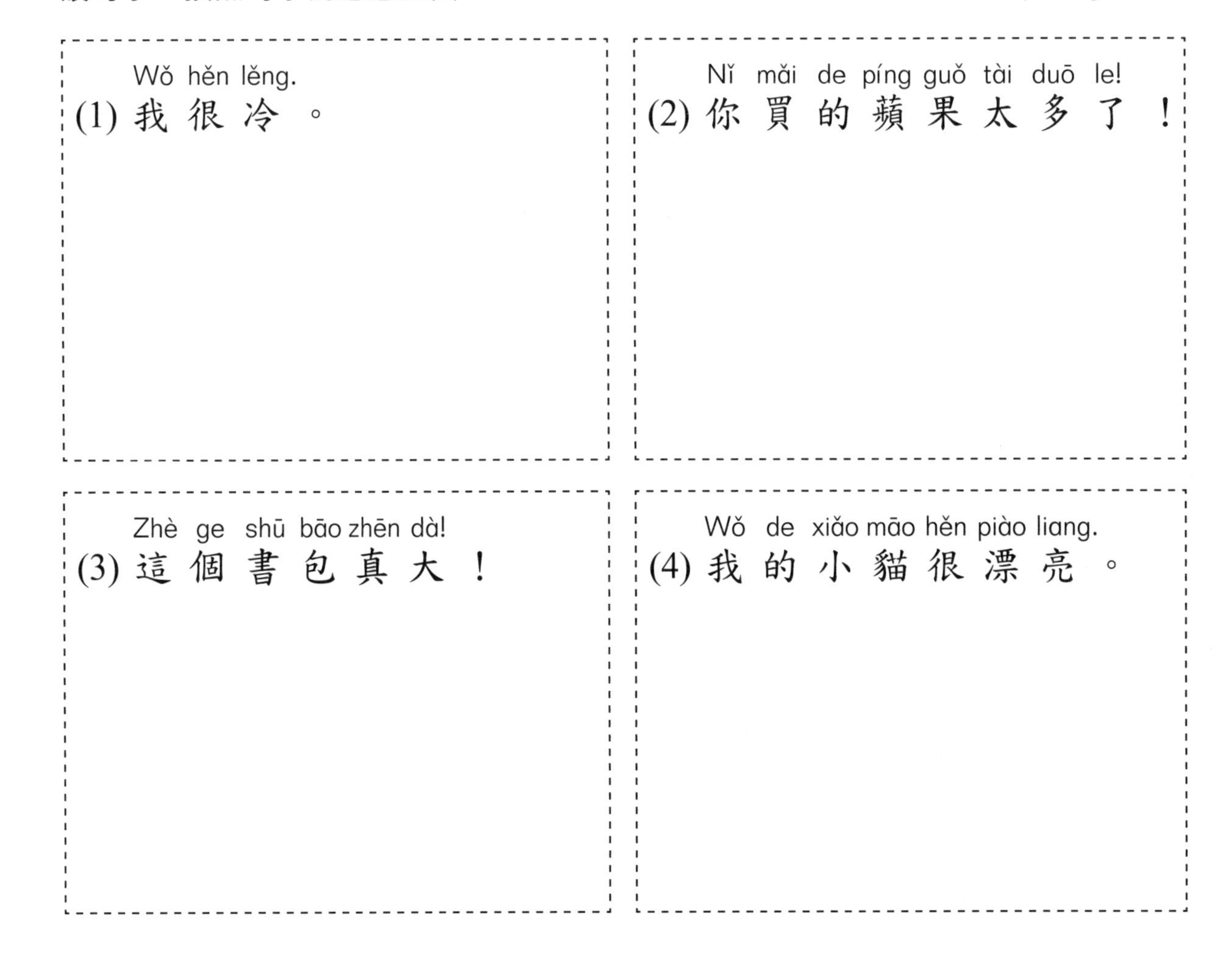

5 讀一讀，找一找。Read and find.

讀句子並找出相符的圖片。Read the sentences and find the corresponding pictures.

A.

B.

Hěn lěng.
很冷。 ◯

Jīn tiān tiān qì hěn rè.
今天天氣很熱。 ◯

Jīn tiān tiān qì zěn me yàng?
今天天氣怎麼樣？

Jīn tiān bǐ zuó tiān lěng.
今天比昨天冷。 ◯

C.

Bù lěng yě bú rè.
不冷也不熱。 ◯

D.

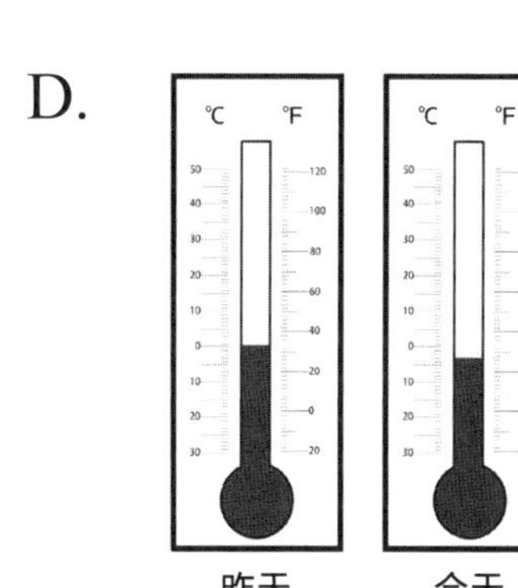

6 想一想，填一填。Think and write.

根據你的實際情況填空。Fill in the blanks according to your actual circumstances.

(1) ______比______高。 (A. 老師 B. 我)
bǐ gāo. / lǎo shī / wǒ

(2) ______的頭髮比______的長。 (A. 我 B. 老師)
de tóu fa bǐ de cháng. / wǒ / lǎo shī

(3) 我覺得______比______好吃。 (A. 麪條 B. 包子)
Wǒ jué de bǐ hǎo chī. / miàn tiáo / bāo zi

(4) 我覺得______比______好喝。 (A. 冰牛奶 B. 熱牛奶)
Wǒ jué de bǐ hǎo hē. / bīng niú nǎi / rè niú nǎi

(5) 十二月比六月______。 (A. 冷 B. 熱)
Shí èr yuè bǐ liù yuè / lěng / rè

7 看一看，說一說。Read and say.

兩人一組，說一說。根據下面的天氣預報，比較一下各個地方的天氣。

Work in pairs. Compare the weather in different places according to the weather forecast below.

8 想一想，說一說。Think and say.

A 用「比」說一個句子，B 用「比」再說一個句子，然後 C、D 依次說，說不出句子的淘汰，看誰堅持到最後。A says a sentence with " 比 ", B says another different sentence with " 比 ", then C, then D... The one who can not continue should quit. See who will be the last one.

馬丁比我大三歲

Martin is three years older than me

1 找一找，想一想。Find and think.

找出每組詞語中相同的漢字，猜猜它的意思。Find the common Chinese character among the words in each group, and guess the meaning of it.

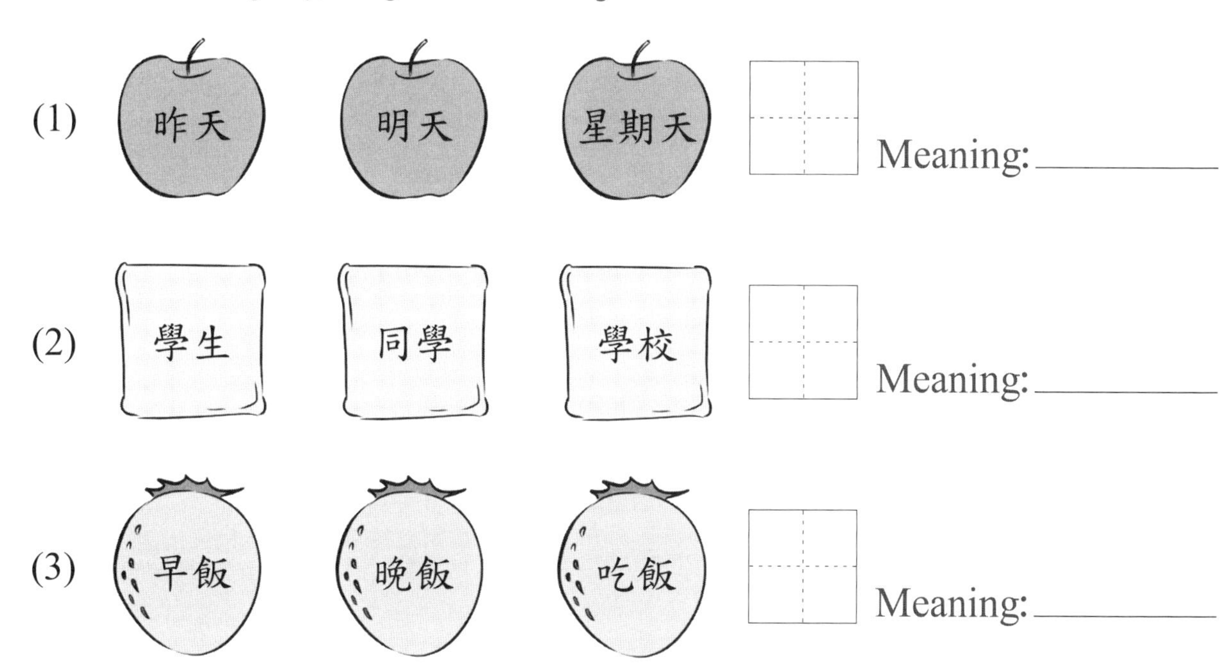

2 聽一聽，圈一圈。Listen and circle.

哪個聲調組合不同於其他三個？聽老師讀詞語，並圈出每組中聲調形式不同的詞語。
Which tone pair is different from the others? Listen to your teacher read the words, and circle the one with the different tones from others in each group.

(1)	A. 包子	B. 聰明	C. 媽媽	D. 商店
(2)	A. 朋友	B. 昨天	C. 學生	D. 名字
(3)	A. 裏面	B. 眼睛	C. 起牀	D. 早上
(4)	A. 現在	B. 漂亮	C. 認識	D. 謝謝

3 看一看，填一填。Read and fill in.

看家庭譜系樹，將對應的稱呼序號填入圓圈中。Read the family tree, fill the number of corresponding personal pronouns in the circle.

bà ba ①爸爸	mā ma ②媽媽	wǒ ③我	gē ge ④哥哥	jiě jie ⑤姐姐
yé ye ⑥爺爺	nǎi nai ⑦奶奶	dì di ⑧弟弟	mèi mei ⑨妹妹	

4 讀一讀，寫一寫。Read and write.

讀一讀，根據句子填寫正確的數字。Read and write the correct number according to the sentences.

Wǒ jiǔ suì, gē ge bǐ wǒ dà yí suì. Gē ge suì.
(1) 我 9 歲，哥哥比我大 1 歲。哥哥________歲。

Mèi mei sì suì, dì di qī suì. Mèi mei bǐ dì di xiǎo suì.
(2) 妹妹 4 歲，弟弟 7 歲。妹妹比弟弟小________歲。

Mǎdīng shí yī suì, Sūshān shí suì. Mǎdīng bǐ Sūshān dà suì.
(3) 馬丁 11 歲，蘇珊 10 歲。馬丁比蘇珊大________歲。

Wǒ de lǎo shī èr shí qī suì, wǒ bà ba sān shí suì. Bà ba bǐ lǎo shī dà suì.
(4) 我的老師 27 歲，我爸爸 30 歲。爸爸比老師大________歲。

5 看一看，說一說。Read and say.

你和馬丁一樣嗎？用「也」說說你和他的相同之處。Are you the same with Martin? Use "也" to express your similarities with him.

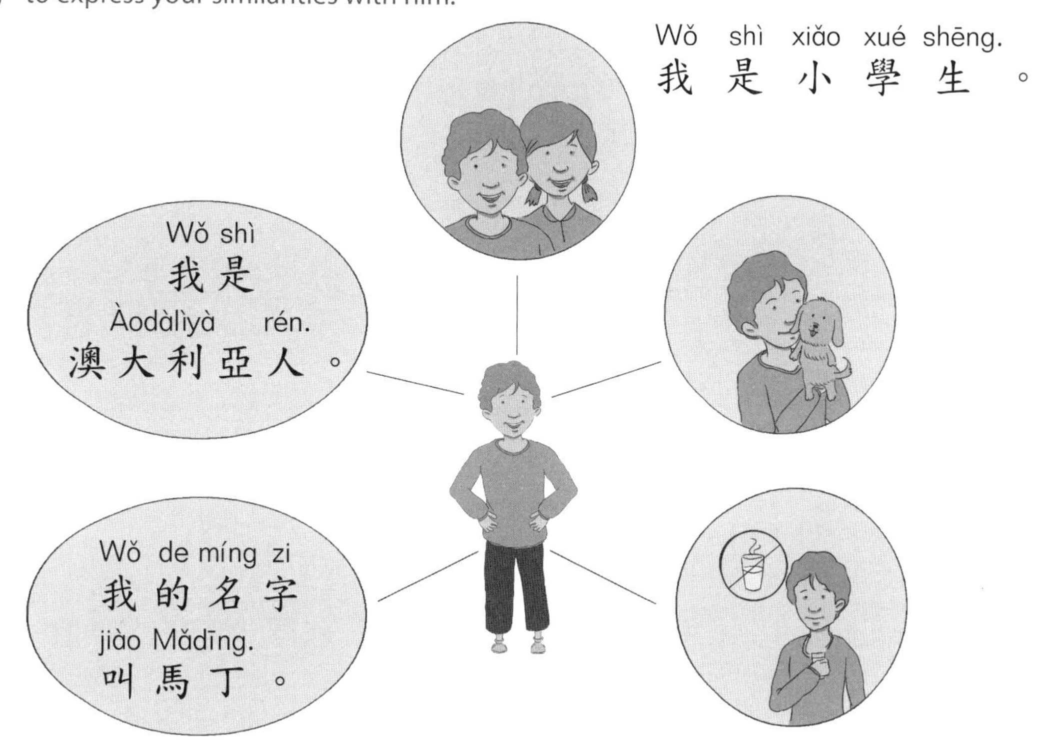

6 比一比，說一說。Compare and say.

看圖片並比較他們的重量。Look at the pictures and rank their weights.

Wǒ bǐ nǐ zhòng.
我比你重（heavy）。

(dog)	
(cat)	
(boy)	1
(fish)	
(bird)	

7 找一找，說一說。Find and say.

將自己與老師或朋友做比較並填空。Comparing yourself to your teacher or friend and fill in the blanks below.

Wǒ de yǐ zi bǐ Mǎdīng de gāo.
例：我的椅子比馬丁的高。

de qiān bǐ bǐ de cháng.
(1) ＿＿＿＿的鉛筆比＿＿＿＿的長。

de shǒu bǐ de xiǎo.
(2) ＿＿＿＿的手比＿＿＿＿的小。

de shū bǐ de duō.
(3) ＿＿＿＿的書比＿＿＿＿的多。

de tóu fa bǐ de cháng.
(4) ＿＿＿＿的頭髮比＿＿＿＿的長。

de shū bāo bǐ de dà hěn duō.
(5) ＿＿＿＿的書包比＿＿＿＿的大很多。

8 猜一猜，說一說。Guess and say.

「我多大？」老師將在你的額頭貼一張寫有年齡的紙條。根據搭檔的回答猜測自己的年齡。"How old am I?" Your teacher will put a sticker on your forehead with an age on it. Guess the age according to your partner's answers.

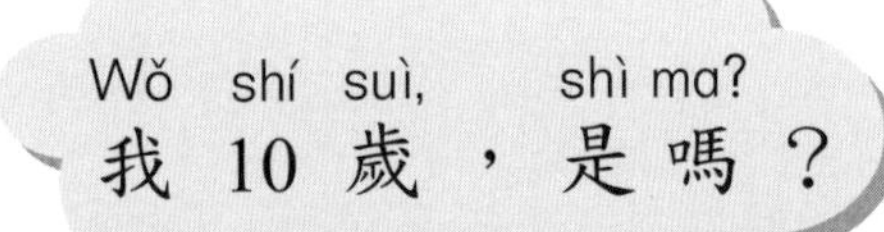

Bú shì, bǐ shí suì dà duō le.
不是，比10歲大多了。

Lesson 9

你今天做甚麼了？

What did you do today?

1 看一看，找一找。 Read and find.

找一找，哪些字可以分為左右兩部分？ Find which characters can be divided into a left and a right component.

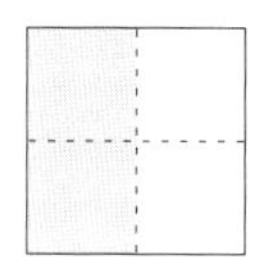：________________

méi	lǐ	māo	bà	chī	yào	mā	huáng
①沒	②裏	③貓	④爸	⑤吃	⑥要	⑦媽	⑧黄

2 聽一聽，連一連。 Listen and connect.

將詞語與正確的聲調連線。Match the words with the correct tones.

老師 •	• 3 + 1
畫畫 •	• 2 + 3
水果 •	• 4 + 4
中國 •	• 1 + 0
杯子 •	• 1 + 1
今天 •	• 1 + 2

3 找一找，填一填。Find and fill in.

看看每個人的食物是甚麼，並將正確的字母填在紙條上。Find each person's food and write the correct letter on each note on the table.

A	B	C	D	E
lǜ chá 綠 茶	mǐ fàn 米 飯	píng guǒ 蘋 果	bāo zi 包 子	niú nǎi 牛 奶
F	**G**	**H**	**I**	**J**
miàn tiáo 麪 條	hóng chá 紅 茶	xiāng jiāo 香 蕉	yú 魚	bīng shuǐ 冰 水

4 找一找，說一說。Find and say.

標記你昨天做了或沒做甚麼（笑臉表示已做，哭臉表示未做），並與同學討論。Mark what you did and didn't do yesterday. Then share it to your classmates. (The smiling face means "Yes, I did this yesterday", the unhappy face means "No, I didn't do this yesterday".)

Zuó tiān nǐ zuò shén me le?
昨 天 你 做 甚 麼 了 ？

(1) huà huà 畫 畫 ☺ ☹

(2) kàn diàn shì 看 電 視 ☺ ☹

(3) zuò fàn 做 飯 ☺ ☹

(4) chī shuǐ guǒ 吃 水 果 ☺ ☹

(5) chī wǎn fàn 吃 晚 飯 ☺ ☹

(6) mǎi niú nǎi 買 牛 奶 ☺ ☹

5 讀一讀，塗一塗。Read and color.

讀句子並根據句子為圖片塗色。Read the sentences and color the pictures to the according sentences.

Bà ba hē le sān bēi lǜ chá.
(1) 爸 爸 喝 了 三 杯 綠 茶 。

Wǒ chī le yí ge píng guǒ hé yí ge xiāng jiāo.
(2) 我 吃 了 一 個 蘋 果 和 一 個 香 蕉 。

Mèi mei huà le liǎng zhī piào liang de xiǎo gǒu.
(3) 妹 妹 畫 了 兩 隻 漂 亮 的 小 狗 。

Wǒ jīn tiān rèn shi le sān ge tóng xué.
(4) 我 今 天 認 識 了 三 個 同 學 。

6 看一看，說一說。Read and say.

根據圖片完成對話。Look at the picture and make a dialogue according to the picture.

Nǐ qù nǎr le?
A：你去哪兒了？

Wǒ qù ... le.
B：我去……了。

Nǐ mǎi le ... ?
A：你買了……？

Wǒ mǎi le ... .
B：我買了……。

... yán sè ... ?
A：……顏色……？

……

7 看一看，選一選。Read and choose.

根據圖片回答問題。Answer the questions according to the pictures.

Zuó tiān xià wǔ xiǎo bái māo qù nǎr le?
(1) 昨天下午小白貓去哪兒了？

Tā mǎi shén me le?
(2) 牠買甚麼了？

Zǎo shang, xiǎo bái māo chī yú le ma?
(3) 早上，小白貓吃魚了嗎？

Shéi chī le xiǎo bái māo de yú?
(4) 誰吃了小白貓的魚？

8 想一想，說一說。Think and say.

牠們各吃了多少個胡蘿蔔？完成句子並大聲朗讀。How many carrots did they eat? Complete the sentences of the three little rabbits and read them aloud.

: Wǒ chī le
: 我吃了＿＿＿＿＿＿。

: Wǒ chī le
: 我吃了＿＿＿＿＿＿。

: Wǒ chī, wǒ bù xǐ huan chī hú luó bo.
: 我＿＿＿＿＿＿吃，我不喜歡吃胡蘿蔔（carrot）。

你怎麼了？
What's wrong with you?

1 選一選，讀一讀。 Choose and read.

選擇正確的漢字填入表格組成詞語，並讀一讀。Choose the right Chinese character to go in each group and complete the words. Then read the words.

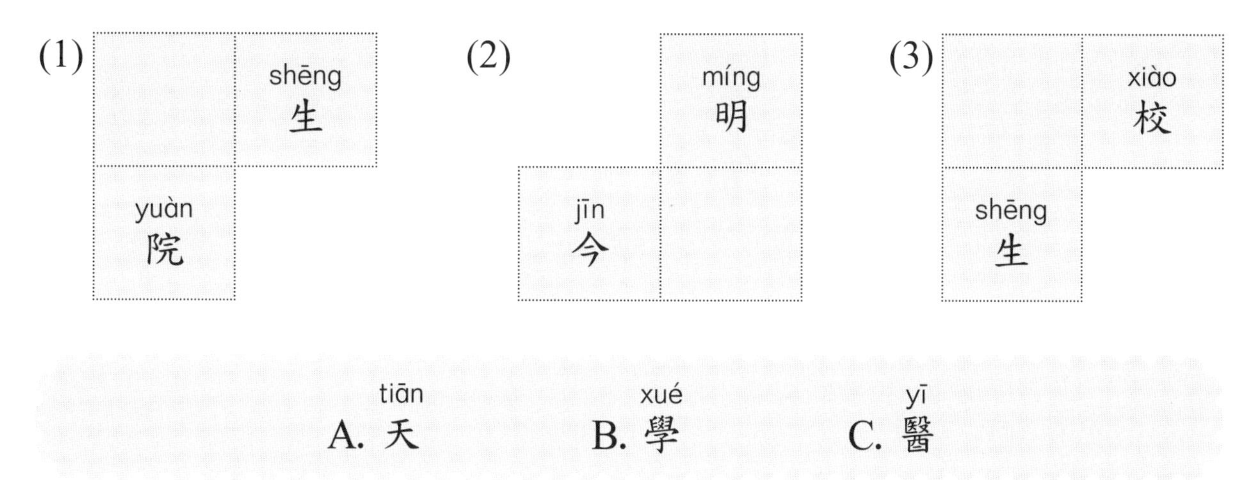

2 想一想，說一說。 Think and say.

按照下方數字的順序連接圓點，看看得到甚麼圖形，並大聲讀出句子。Connect the dots in order, according to the numbers below. See what image you get, and then read the sentence aloud.

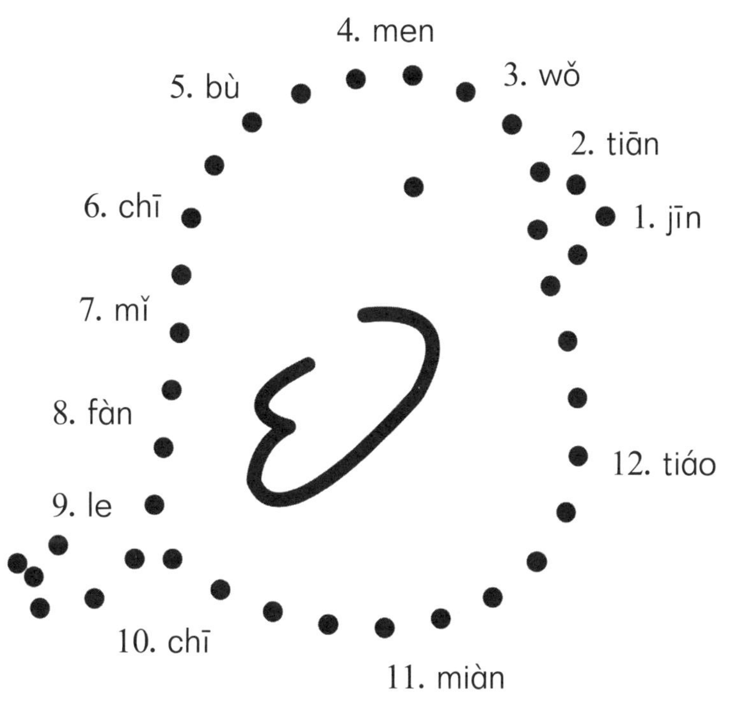

3 看一看，說一說。Look and say.

為甚麼卡通人物 Mike 看起來很有趣？看一看並回答下列問題。Why does the cartoon figure Mike look funny? Look at him and answer the questions below.

① Mike 高不高？（Mike gāo bu gāo?）

② Mike 有幾隻眼睛？他的眼睛大不大？（Mike yǒu jǐ zhī yǎn jing? Tā de yǎn jing dà bu dà?）

③ Mike 有沒有頭髮？（Mike yǒu méi yǒu tóu fa?）

④ Mike 有沒有手和腳？（Mike yǒu méi yǒu shǒu hé jiǎo?）

4 讀一讀，找一找。Read and find.

哪個詞和別的不一樣？讀詞語，找出每組中不一樣的詞語。Which word is not like the others? Read the words, and find the one that is different from the rest in each group.

(1)	A. 醫院（yī yuàn）	B. 朋友（péng you）	C. 商店（shāng diàn）	D. 學校（xué xiào）
(2)	A. 手（shǒu）	B. 腳（jiǎo）	C. 好（hǎo）	D. 頭（tóu）
(3)	A. 起牀（qǐ chuáng）	B. 學生（xué sheng）	C. 老師（lǎo shī）	D. 醫生（yī shēng）
(4)	A. 去醫院（qù yī yuàn）	B. 很漂亮（hěn piào liang）	C. 喝牛奶（hē niú nǎi）	D. 買書包（mǎi shū bāo）

5 問一問，答一答。Ask and answer.

一名同學問「……怎麼了」，另一名同學根據圖片做出回答。One student asks: "……怎麼了？" and the other answers according to the picture.

(1) (2) (3) (4)

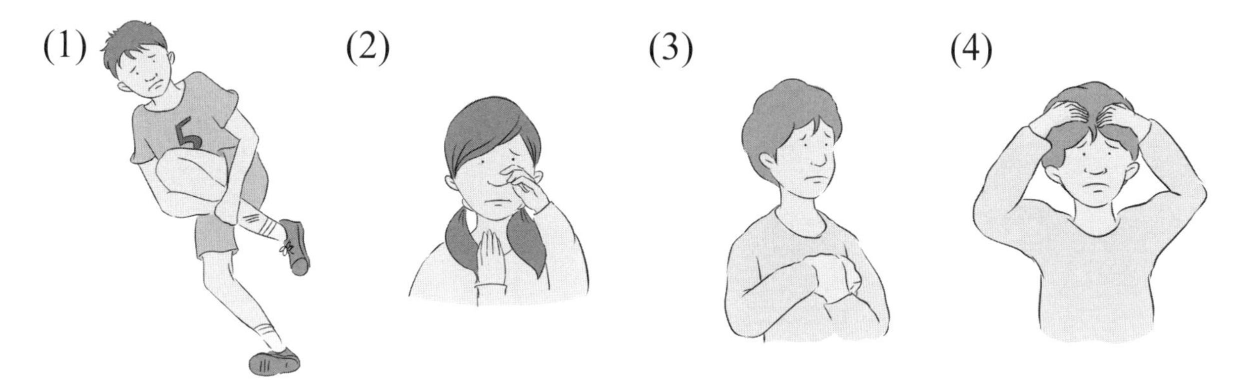

6 看一看，說一說。Read and say.

看圖片，用「了」說明發生了甚麼變化。Look at the pictures and explain the change that has occurred in Chinese, using the character "了".

(1) (2)

(3) (4)

7 學一學，剪一剪。Learn and cut.

做一個小醫生。在一張對摺的紙上畫出範例中醫生的形狀，並剪下來。Make a little doctor. Draw a figure of a doctor on a piece of paper which folded in half and cut it out, as in the example.

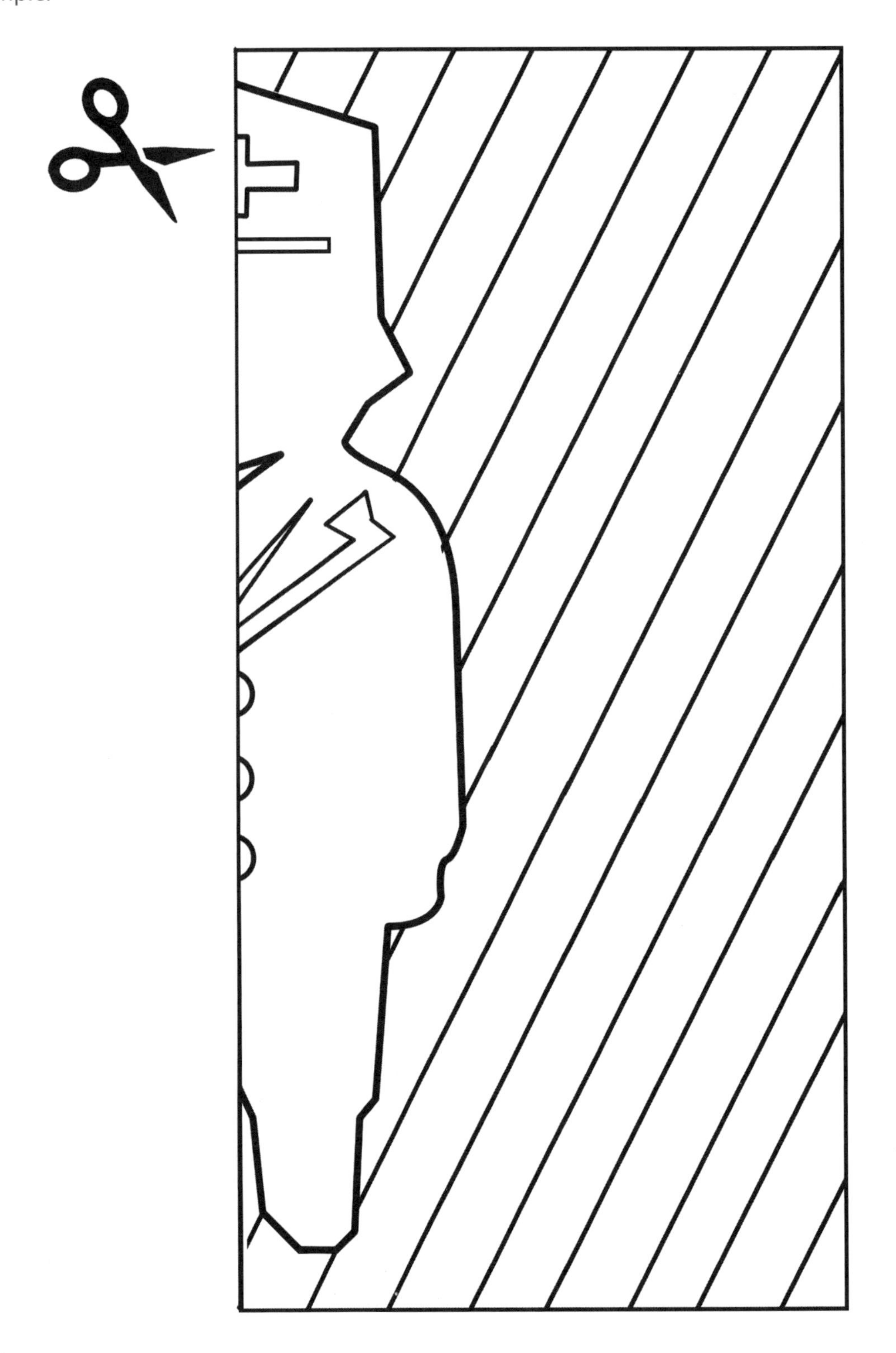

Lesson 11 我來北京一年了

I've been in Beijing for one year

1 找一找，填一填。Find and fill in.

將正確的漢字填入短語中。Fill in the right character for each phrase.

xí 習　　diàn 電　　shí 十　　xià 下

(1) 學 xué（　　）漢語 Hànyǔ

(2) 打個 dǎ ge（　　）話 huà

(3) 玩 wán（　　）分鐘 fēn zhōng

(4)（　　）午和晚上 wǔ hé wǎn shang

2 排一排，讀一讀。Rearrange and read.

按照正確的順序，將音節排為一句話。Rearrange the syllables into the correct order to make a sentence.

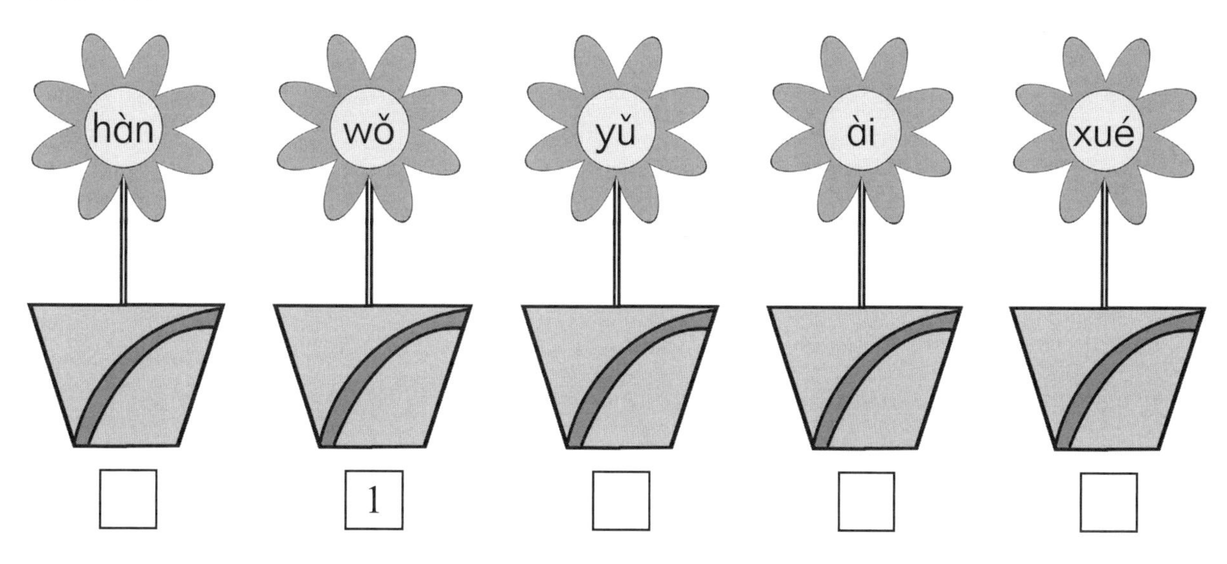

3 排一排，讀一讀。Rearrange and read.

將下列時間從最長到最短排序。

Arrange the amounts of time below from longest to shortest.

A. 三十分鐘 (sān shí fēn zhōng)　B. 十天 (shí tiān)　C. 一個星期 (yí ge xīng qī)

D. 兩個月 (liǎng ge yuè)　E. 一年 (yì nián)

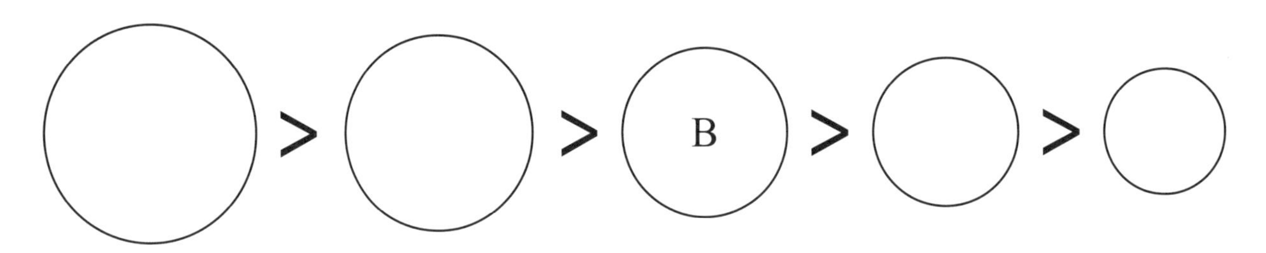

4 看一看，說一說。Read and say.

看圖片，並用漢語說出圖片中的數字。Look at the pictures and say the numbers in them in Chinese.

(1)

(2)

(3)

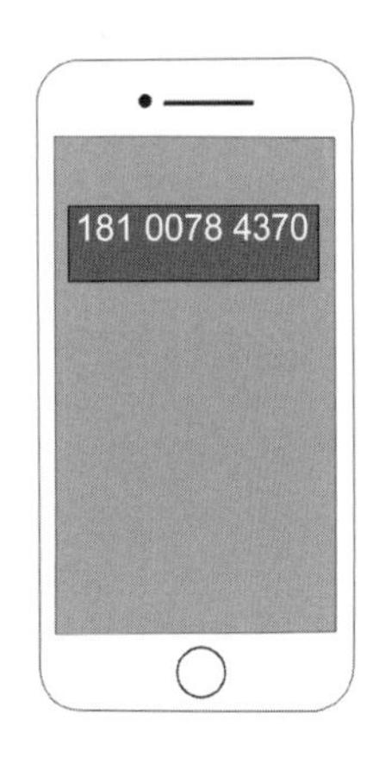

(4)

5 看一看，填一填。Read and fill in.

看圖片，根據圖片填空。Fill in the blanks according to the pictures.

Nǐ mā ma de shēng rì shì jǐ yuè jǐ hào?
(1) A：你 媽 媽 的 生 日 是 幾 月 幾 號 ？

yuè hào.
B：________月________號 。

Nǐ lái Běijīng duō cháng shí jiān le?
(2) A：你 來 北 京 多 長 時 間 了 ？

Wǒ lái Běijīng le.
B：我 來 北 京________了 。

Tā qù Niǔyuē jǐ tiān le?
(3) A：他 去 紐 約 幾 天 了 ？

le.
B：________了 。

2016~2018
learn Chinese in China

Nǐ gē ge xué Hànyǔ jǐ nián le?
(4) A：你 哥 哥 學 漢 語 幾 年 了 ？

le.
B：________了 。

6 填一填，說一說。Fill in and say.

根據你的計劃完成句子，並和同學一起說一說。Complete the sentences according to your own plan, and share them with your classmates.

Wǒ jīn tiān yào shuì ge xiǎo shí.
(1) 我 今 天 要 睡________個 小 時 。

Jīn tiān wǒ yào xué xí ge xiǎo shí.
(2) 今 天 我 要 學 習________個 小 時 。

Jīn tiān wǒ yào wán ge xiǎo shí.
(3) 今 天 我 要 玩________個 小 時 。

Wǒ lái xué xiào ge xiǎo shí.
(4) 我 來 學 校________個 小 時 。

7 看一看，說一說。Read and say.

愛麗絲喝下藥水以後，有甚麼變化？用漢語說一說。How has Alice changed after taking medicine? Explain in Chinese.

gè zi
個子

tóu fa
頭髮

shǒu
手

8 遊戲：老狼，老狼，幾點了？ Game: Wolf, wolf, what time is it?

一名同學扮演「老狼」站在中間，其他同學圍成一圈邊走邊問「老狼，老狼，幾點了？」如果回答不是「12 點了」，同學應該說「謝謝」並繼續走。如果回答是「12 點了」，同學們迅速跑開，「老狼」要跑去捉人。被捉住的同學扮演下輪遊戲的「老狼」。One student, "the wolf," stands in the center, and the rest of the students walk in a circle around him or her, asking: "老狼，老狼，幾點了？" If the answer is not "12 點了", the students should say "謝謝" and continue circling. If the answer is "12 點了", the students should run away from "the wolf" who tries to catch them. The student who gets caught plays the role of wolf in the next round.

參考答案 Answers

Lesson 1 我可以坐這兒嗎？

❷ (1) B (2) A (3) A (4) B (5) A (6) B

❹ (1) C (2) A (3) B (4) D (5) E

Lesson 2 你早上幾點起牀？

❶ 呢：6 個；嗎：4 個；哪：6 個

❺ (1) ③ ② ① (2) ② ③ ①

Lesson 3 你的鉛筆呢？

❹ (1) A (2) E (3) C (4) D (5) B

❻ (1) ✓ (2) ✗ (3) ✓ (4) ✓ (5) ✓

Lesson 4 書包裏有兩本書。

❷ (1) B (2) A (3) B (4) A

❸ 黃色 綠色

Lesson 5 你會不會做飯？

❷ (1) zuò fàn : cook

(2) hǎo chī : delicious

(3) yī shēng : doctor

(4) huì : can

❺ (1) A (2) B (3) B (4) A

❼ B B A

Lesson 6 包子多少錢一個？

❸ (1) 2 (2) 6 (3) 15

❹ (2) (3) (5) (6)

Lesson 8 馬丁比我大三歲。

❶ (1) 天：day (2) 學：learn

(3) 飯：meal

❷ (1) D (2) B (3) C (4) A

❹ (1) 10 (2) 3 (3) 1 (4) 3

Lesson 9 你今天做甚麼了？

❶ ①③⑤⑦

❼ (1) 商店 (2) 一條魚

(3) 沒有 (4) 小黑貓

❽ (1) 8 個 (2) 6 個 (3) 沒有

Lesson 10 你怎麼了？

❶ (1) C (2) A (3) B

❹ (1) B (2) C (3) A (4) B

Lesson 11 我來北京一年了。

❶ (1) 習 (2) 電 (3) 十 (4) 下

❷ ④ ① ⑤ ② ③

❸ E>D>B>C>A

❺ (1) 12，10 (2) 1 個月

(3) 3 天 (4) 2 年

責任編輯　楊　歌
裝幀設計　龐雅美
排　　版　龐雅美
印　　務　劉漢舉

主編 | 蘇英霞　　編者 | 王　蕾　　呂豔輝

出版 / 中華教育

香港北角英皇道 499 號北角工業大廈 1 樓 B 室
電話：(852) 2137 2338　傳真：(852) 2713 8202
電子郵件：info@chunghwabook.com.hk
網址：http://www.chunghwabook.com.hk

發行 / 香港聯合書刊物流有限公司

香港新界荃灣德士古道 220-248 號荃灣工業中心 16 樓
電話：(852) 2150 2100　傳真：(852) 2407 3062
電子郵件：info@suplogistics.com.hk

印刷 / 寶華數碼印刷有限公司

香港柴灣吉勝街 45 號勝景工業大廈 4 樓 A 室

版次 / 2023 年 6 月第 1 版第 1 次印刷

規格 / 16 開 (285mm x 210mm)

ISBN / 978-988-8808-97-7

ISBN 978-988-8808-97-7
9 789888 808977

聯合出版集團
Published in Hong Kong
定價：港幣 78 元
建議上架分類：語言學習 / 教参教輔

中華教育